Le médaillon perdu

Carol Matas

Texte français des
Éditions Scholastic

Illustrations de
Susan Gardos

Éditions
■SCHOLASTIC

Catalogage avant publication de Bibliothèque et Archives Canada

Matas, Carol, 1949-

[Lost locket. Français]

Le médaillon perdu / Carol Matas ; illustrations de Susan Gardos ; traduction par les Éditions Scholastic.

Traduction de: The lost locket.

ISBN 978-1-4431-2866-7 (couverture souple)

I. Gardos, Susan, illustrateur II. Titre. III. Titre: Lost locket. Français

PS8576.A7994L614 2014   jC813'.54   C2013-905345-X

Édition publiée par les Éditions Scholastic, 604, rue King Ouest, Toronto (Ontario) M5V 1E1 CANADA.

6 5 4 3 2 1   Imprimé au Canada 121   13 14 15 16 17

MIXTE
Papier issu de
sources responsables
FSC® C004071

À mon cousin Manny, mon meilleur ami,
et à Anna et Sylvia

L'auteure tient à remercier Diane Kerner, éditrice, pour son appui. Un grand merci aussi à Donna Babcock qui a dactylographié le manuscrit. Et enfin, merci à Dov Blank, qui a adoré l'histoire et n'a pas cessé de demander « Quand va-t-elle être publiée? »

Table des matières

Chapitre 1

Le médaillon

Ma mère dépose un petit écrin carré en velours bleu sur la table de cuisine. Elle me prend par les épaules et me fait asseoir, puis elle s'assoit à son tour et ouvre lentement la boîte. Elle me fixe d'un regard sérieux.

Je comprends alors qu'il doit y avoir quelque chose d'affreusement important là-dedans. Elle a même attendu que Ben soit au lit pour que nous soyons seules.

Lentement, elle soulève une délicate chaînette en or au bout de laquelle se balance un médaillon.

Il a la forme d'un cœur et il est orné d'un minuscule diamant en plein centre. On peut l'ouvrir en pressant sur le bout du médaillon. Maman me le tend. Je vois deux petites photos en forme de cœur.

— C'est ton arrière-grand-mère, dit-elle en me montrant du doigt l'image d'une jolie femme au visage encadré de longs cheveux bruns ondulés et arborant un léger sourire. Et voici ton arrière-grand-père

Il a l'air sévère.

Je referme le médaillon et regarde le cœur. L'or et le diamant brillent.

— Tu ne te souviens pas de ton arrière-grand-mère, car elle est morte avant que tu ne sois née, explique ma mère. Mais aujourd'hui, c'est son anniversaire et ce jour-là quand j'avais huit ans, comme toi, Mamie m'a donné ce médaillon. Crois-tu que tu es assez grande pour en prendre soin, Rosaline?

Maman vient de prononcer mon nom au complet. De toute évidence, il s'agit de quelque chose de très important.

— Bien sûr que oui.

— Très bien. Dans ce cas, il est à toi.

Elle marque une pause, puis elle ajoute :

— Ne le perds pas. Et si j'étais à ta place, je ne l'emporterais pas à l'école. Là, tu es assurée de l'égarer.

Je range précieusement le médaillon sur mon étagère au-dessus de mon lit en me disant qu'il ira très bien avec ma robe rose et blanche.

Avant de me coucher, je prépare les vêtements que je vais mettre demain pour aller à l'école. Bien sûr, le médaillon serait superbe avec mon chandail vert, celui que j'allais porter le lendemain avec mon pantalon noir. Mais maman m'a bien précisé de ne pas le porter à l'école...

— Rose, il me semble bien t'avoir dit de ne pas le porter pour aller à l'école.

Nous sommes en train de prendre le déjeuner et je porte le médaillon parfaitement assorti avec mon ensemble vert et noir.

— Maman, dis-je, en essayant de rester calme, je ne suis pas un bébé. Je ne le perdrai pas, je te le promets. J'ai tout simplement envie de le montrer à tout le monde.

Elle soupire.

Je pense déjà à tous les jeux auxquels je pourrais jouer en me servant du médaillon à l'école, comme faire semblant qu'il a des pouvoirs magiques ou qu'il renferme une carte secrète. Ou encore, comme dans le livre que je lisais hier soir, je pourrais le faire tourner sur lui-même et me retrouver soudain dans une autre dimension.

— Ne t'inquiète pas maman, dis-je, en essayant d'avoir l'air très raisonnable, tu peux me faire confiance.

Elle soupire encore en hochant la tête.

— Veux voir, veux voir! dit Ben, mon petit frère, en essayant d'agripper mon médaillon.

Il a quatre ans. En ce moment, ses doigts sont couverts de beurre d'arachide : à bien y penser, ils sont toujours un peu poisseux.

— Ben! Que je ne te voie jamais toucher à ça! dis-je, en haussant le ton.

J'enfile mon manteau, j'attrape ma boîte à lunch et j'embrasse ma mère.

— On se revoit après l'école.

— N'oublie pas que j'irai te chercher! me lance-
t-elle quand je passe la porte. Nous devons aller
faire des courses.

— D'accord.

Heureusement, je n'ai pas à aller à l'école à
pied avec Ben. Il n'y va que l'après-midi et c'est
maman qui l'y amène et qui va le chercher.

Après que la cloche a sonné et que nos
manteaux sont accrochés au vestiaire, Sam (c'est
le diminutif de Samantha, ma meilleure amie)
remarque finalement mon médaillon. Elle le fixe
en écarquillant les yeux. « Écarquiller les yeux »
est une expression que j'ai apprise dans le livre
que je lisais hier. C'est ce que font les enfants
lorsqu'ils rencontrent un extraterrestre dans
une autre dimension. Cela veut dire regarder
fixement avec de grands yeux.

Bientôt, la moitié de la classe pousse des oh!
et des ah! J'enlève délicatement la chaînette en
la passant au-dessus de ma tête et je tends mon
médaillon à Sam pour qu'elle puisse bien le
regarder.

— Éduc! lance Mme Châtillon.

Je me dis que je ferais mieux de ne pas porter mon médaillon pour le cours d'éducation physique, alors je le range bien soigneusement dans le coin de mon pupitre.

La journée est si chargée que j'en oublie de remettre mon médaillon, mais juste avant la dernière cloche, ça me revient. Heureusement! Imagine la réaction de ma mère s'il fallait que je rentre à la maison sans mon médaillon! J'ouvre mon pupitre et je tends la main vers mon médaillon.

Mais il n'est plus là. Disparu! Je sors tout ce qu'il y a dans mon pupitre, mais le médaillon demeure introuvable! J'ai l'impression d'être dans un ascenseur qui descend à toute vitesse. Je ne peux pas croire ce qui m'arrive.

La cloche sonne. Je me retourne pour tout raconter à Sam, mais elle est déjà partie. Je remets toutes mes affaires dans mon pupitre. Je me sens horriblement mal. Pendant quelques secondes, je reste plantée là, sans savoir quoi faire. Je sais que je ne peux pas rester dans la classe plus

longtemps; ma mère me demanderait pourquoi je suis en retard. Alors, j'enfile mon manteau et je me hâte vers la sortie en priant pour que ma mère ne remarque rien, sinon, je suis fichue!

Chapitre 2

Il est perdu!

Après l'école, nous sommes passés à l'épicerie pour faire quelques achats pour le souper, et je proteste vivement :

— Ce n'est pas juste!

Toute cette histoire avec mon médaillon m'a déjà mise de mauvais poil et Ben en rajoute. C'est la goutte d'eau qui fait déborder le vase.

— Qu'est-ce qui n'est pas juste? demande ma mère. Tu as une pleine poignée de bonbons et Ben aussi.

— Mais les siens ont coûté 25 cents et les miens

10 cents.

Je rouspète en haussant le ton et en montrant le prix indiqué sur le distributeur de bonbons. Ma mère me tend une autre pièce de 10 cents, en soupirant. Je la mets dans l'appareil et la machine crache une autre poignée de jujubes.

— Ce n'est toujours pas juste, dis-je. Tu me dois encore cinq cents.

Elle me lance un regard assassin.

— Très bien, dit-elle. Dans ce cas, si nous parlions un peu des 50 cents que je te donne chaque jeudi quand tu vas à la piscine.

Je déteste qu'elle utilise ce genre d'arguments.

Pendant ce temps, Ben regarde mes deux poignées de bonbons acidulés et son unique poignée de jujubes et se met à protester à son tour.

— Ce n'est pas juste. Rose en a plus que moi.

Ma mère passe la porte du grand magasin et se dirige vers le stationnement.

— Vous venez? lance-t-elle.

À son on, on croirait qu'elle est prête à nous planter là tous les deux.

Nous lui emboîtons le pas et elle prend la main de Ben.

Nous prenons place dans la voiture, attachons nos ceintures de sécurité et partons en direction de la maison. Intérieurement, je prie pour qu'elle ne me pose pas la question qu'elle me pose tous les jours, depuis que je vais à la maternelle.

— Alors, Rose, comment ça s'est passé à l'école aujourd'hui? me demande-t-elle.

Et voilà. Après tout, pourquoi n'aurait-elle pas posé cette question aujourd'hui? Ça me paraît improbable, comme dirait ma mère. Ce qui veut dire que ça ne risque pas de se produire.

Je ne réponds pas, bien sûr. Comment pourrais-je lui avouer que le médaillon, le médaillon même que j'ai tenu à porter, en prétextant être assez responsable pour en prendre soin, a disparu de mon pupitre?

— Alors, Rose, comment c'était à l'école aujourd'hui? répète ma mère.

À ce moment, Ben commence à me frapper. Bien sûr, je le frappe à mon tour et il se met à pleurer.

— Wose m'a frappé. Wose m'a frappé.

— Rosaline! Tu es la plus grande. Tu devrais savoir qu'on ne frappe pas son petit frère. Comment veux-tu qu'il apprenne à ne pas donner de coups si tu continues à agir comme ça?

— Mais c'est lui qui a commencé!

— Benjamin, dit-elle, il ne faut pas frapper ta sœur.

Il n'arrête pas de pleurer, le petit fatigant! D'abord, il essaie de me tuer, puis c'est lui qui se met à pleurer et c'est moi qui me fais gronder.

Je me mets à penser à ce que devait être ma vie avant que Ben ne soit là. Je parie que c'était formidable. Si seulement j'arrivais à me souvenir des quatre années que j'ai vécues avant sa naissance. Ce sont probablement les quatre plus belles années de ma vie.

Cette année, maman a annoncé que Ben irait à la maternelle de l'école Arc-en-ciel, *mon* école. Au cours des dernières années, j'avais au moins la chance de lui échapper quand j'étais à l'école. Pourquoi a-t-il fallu qu'elle choisisse de l'envoyer à la maternelle de mon école avec tous les choix qui s'offraient à elle?

C'est un cauchemar. Son local de maternelle est de l'autre côté du corridor, juste en face de ma classe. Dès le début de l'année, Ben s'est mis en tête qu'il pouvait venir me voir quand bon lui semblait. Les enseignants lui ont dit que ce n'était pas permis, mais je crois qu'il ne les a pas crus. J'ai l'impression qu'il s'est dit qu'ils le taquinaient.

Parfois, je suis assise à mon pupitre en train de travailler et tout à coup, Ben apparaît à la porte de ma classe et m'appelle. Ces enseignants ne surveillent-ils donc pas leurs élèves? C'est à croire qu'il peut quitter sa classe quand bon lui semble.

C'est tellement embarrassant que j'ai cru mourir la première fois que ça s'est produit. Tous les élèves de ma classe ont rigolé et ont dit qu'il était trop mignon.

Il a les yeux bleus et des cheveux blonds bouclés. Moi, j'ai les yeux bruns et des cheveux noirs raides. Ils le trouvent tous adorable. On voit bien qu'ils n'ont pas à vivre avec lui. Ce ne sont pas eux qui passent toujours en deuxième.

En revenant de l'épicerie, je monte en vitesse dans ma chambre et j'enfile un tee-shirt. J'espère que ma mère pensera que j'ai enlevé mon médaillon en me changeant de chandail. Au centre commercial, je me suis arrangée pour ne pas ouvrir mon manteau une seule fois.

Quand je redescends l'escalier, ma mère me regarde d'un drôle d'air.

— Tout à l'heure, tu avais assez froid pour rester boutonnée jusqu'au cou et, maintenant, tu voudrais sortir habillée comme ça? On n'est pas encore en été, va mettre ton manteau.

Elle n'a donc rien remarqué. Je pousse un soupir de soulagement.

Je sors faire un tour à bicyclette avant le souper. L'idée de continuer à pédaler droit devant moi et de ne plus jamais rentrer à la maison me traverse l'esprit. Ce serait certainement plus facile que d'avouer à ma mère la vérité à propos du médaillon. Qu'est-ce que je vais faire?

Chapitre 3

Le cours de karaté

Au souper, je ne mange qu'un seul hamburger, trois pommes de terre, un peu de maïs et un bol de salade, alors maman prend cet air préoccupé que je déteste tant.

— Rose, il y a quelque chose qui ne va pas?

— Non, dis-je d'une voix peut-être un peu trop forte. Pourquoi?

— Parce que tu manges à peine.

Elle parle sérieusement.

À l'école, tous les copains se paient ma tête à propos des dîners que j'emporte tous les midis.

Un jour, l'affreux Bruno m'a même dit : « Hé, Rose, pourquoi ne loues-tu pas carrément un camion pour transporter ton lunch? ».

Je ne réussis jamais à lui envoyer une bonne réplique. Du moins, jamais avant de revenir à la maison. Ensuite, les répliques me viennent facilement comme « Bruno, ce n'est certainement pas toi qui aurais besoin d'un camion pour transporter ton cerveau, il est tooout petit » ou des trucs du genre.

Bien sûr, Bruno n'est pas vraiment stupide, c'est une brute, tout simplement. Sans compter qu'à cette époque-là, je n'aurais jamais osé lui dire quoi que ce soit en face; il m'aurait frappée, même si j'étais aussi grande que lui. Et je le suis encore; nous sommes les deux plus grands de la classe. D'ailleurs, je me suis toujours demandé pourquoi il ne mangeait pas autant que moi.

De toute manière, je n'y peux rien si j'ai toujours faim. J'ai déjà essayé de manger moins, mais je suis presque morte de faim. Et n'allez pas croire que je sois grasse, pas du tout, je suis presque maigre. Maman dit que c'est simplement que je suis en pleine croissance. Elle prétend que, dans quelques années, ça va se calmer et que je ne serai plus continuellement affamée.

— Tout va très bien, dis-je d'un ton convaincu, en espérant qu'elle me croit. Je peux sortir de table?

— Oui. Et va chercher ton manteau, c'est l'heure de partir.

— Oui, ajoute mon père. Allez-y, je me charge de desservir.

— Partir? Mais pour aller où? dis-je, surprise.

— Rose, dit ma mère en soupirant. Nous sommes lundi soir.

Lundi soir? Lundi soir? Oh non, le karaté! J'avais complètement oublié.

— Oooh, est-ce que je suis vraiment obligée d'y aller?

— Oui, réplique ma mère.

Elle me regarde fixement et je sens que mon père fait de même.

— Et je t'en prie, ne recommence pas tes jérémiades.

Au début de l'année, je les ai suppliés de

m'inscrire au cours de karaté, alors ils l'ont fait. Ensuite, je me suis rendu compte que c'était ennuyant comme la pluie et je leur ai dit que je voulais abandonner, mais ils ont refusé.

— Tu pourras abandonner à la fin de l'année, m'a dit mon père. Dans cette famille, quand on commence quelque chose, on va jusqu'au bout.

Ainsi je suis obligée d'y aller jusqu'à la fin de l'année. Et chaque leçon dure deux heures. De plus, maman s'est inscrite au cours elle aussi et elle adore ça. Elle passe son temps à nous surprendre en surgissant de derrière une porte, en poussant des cris et en gesticulant. Elle dit qu'elle s'entraîne.

Je me traîne jusqu'à l'auto et nous partons.

Arrivées là-bas, l'instructeur, M. Sun, annonce que nous allons apprendre une technique de projection, mais nous devons d'abord faire toute une série d'exercices de réchauffement. Ensuite, nous commençons la leçon de projection. L'instructeur a besoin d'un volontaire.

J'essaie de me dissimuler derrière ma mère; je ne sais pas pourquoi, mais il adore me désigner comme volontaire.

— Rosaline, dit-il. (En entendant mon nom, mon cœur bat plus fort.) Viens sur le tatami.

J'émerge de derrière ma mère et m'avance le plus lentement possible vers le tatami étalé au milieu de la classe. Comment a-t-il fait pour me repérer? Aurait-il un regard bionique?

— Rosaline, donne-moi un coup de poing.

J'essaie de trouver un bon prétexte pour me sortir de ce mauvais pas comme « Je suis désolée, monsieur Sun, mais je vais m'évanouir, je crois que je ferais mieux de m'étendre », ou encore « Je suis désolée, monsieur Sun, mais je sens que je vais vomir, je ferais mieux d'aller aux toilettes », ou mieux « Je suis désolée, monsieur Sun, mais je suis contre toute forme de violence ».

Bien sûr, je n'ose rien dire de tout cela. Je prends plutôt une grande respiration, je ferme mon poing et j'essaie de le frapper au visage.

Wham!

L'instant d'après, je suis étendue de tout mon long sur le dos. Il a saisi mon poignet et m'a fait voler au-dessus de lui.

Une vraie partie de plaisir. Je me relève en titubant.

— Maintenant, à toi d'essayer, me dit-il en souriant.

Il s'élance pour me frapper, mais j'attrape son poignet, je tourne et je tire. Rien. Je tire encore. Toujours rien.

— Maintenant, je vais tous vous montrer comment procéder, étape par étape.

Et tout doucement, il nous explique comment renverser l'adversaire. Finalement, il me laisse rejoindre maman et nous nous exerçons ensemble. Elle me renverse dix fois. Moi, je réussis une fois. Enfin presque. Je suis vraiment tout près d'y arriver.

— Ne t'inquiète pas, Rose, me dit-elle. La prochaine fois sera la bonne. Tu y arrives presque, tout ce qui te manque, c'est un peu de confiance en toi.

C'est ce qu'elle me répète toujours. Mais où est-ce qu'on se procure de la confiance? On ne pourrait pas tout simplement acheter ça au magasin, non?

Quand nous rentrons à la maison, je suis affamée. Je mange un hamburger froid, une pomme, une orange et une banane. Ensuite, ma mère me dit d'aller au lit. Je me demande bien pourquoi. Le soir, je n'ai jamais sommeil, mais elle m'envoie tout de même me coucher. Moi, je prétends que je ferais mieux d'attendre d'être vraiment fatiguée, mais papa et elle insistent pour que je dorme beaucoup.

Une fois étendue sur mon lit, l'histoire du médaillon refait surface. Le bon côté du cours de karaté est que cette affaire m'était complètement sortie de la tête.

Le médaillon.

Comment vais-je trouver le sommeil, maintenant que je pense au médaillon?

Chapitre 4

Les détectives

Le lendemain matin, en me glissant derrière mon pupitre, je dis à Sam en chuchotant :

— Il faut que je te parle.

Nous sommes censées nous préparer pour le cours d'anglais.

— Je ne te parle plus et je ne joue plus avec toi. Je t'avais dit d'apporter ton lion en peluche et tu ne l'as pas fait.

Je déteste quand Sam me fait ce coup-là. Elle veut toujours tout décider. Il faut toujours que je fasse ses quatre volontés.

Je plisse les yeux et je jette un long regard tout autour de la classe. Quelque part dans cette pièce, un escroc se terre. Se terrer. C'est un beau mot, non? Je l'ai lu dans un roman policier et j'ai cherché la définition dans mon dictionnaire. Cette année, j'ai un dictionnaire. En troisième année, nous en avons chacun un. Comme je n'ai pas compris la définition du dictionnaire, j'ai demandé à ma mère. Elle m'a répondu que c'était une manière d'être caché quelque part et que si on utilisait le mot terrer, c'est que quelqu'un se cachait parce qu'il avait fait quelque chose de mal.

Quelque part dans cette classe, un escroc se terre.

— Il faut que tu m'aides, dis-je à Sam en chuchotant, car la plupart du temps, elle est assise à côté de moi. Quelqu'un m'a volé mon médaillon.

— Vraiment?

— Non. C'est une blague.

— Tu ne devrais pas faire de blagues comme ça.

— Ce n'est pas une blague.

— Mais tu viens juste de dire que c'en est une.

— Je blaguais quand j'ai dit ça.

— Quoi?!?

— Je blaguais quand je disais que je blaguais.

— Tu blaguais quand tu disais que tu blaguais, mais en réalité, tu ne blagues pas?

— Cesse de compliquer les choses, je ne te suis plus.

— Je ne complique rien, c'est toi qui compliques tout.

Bon sang! Je n'arrive même plus à me souvenir de ce que je voulais lui dire. Ça me revient. Mon médaillon. C'est ce que j'étais en train de lui dire.

— Même si j'ai déjà perdu tous les colliers que j'ai déjà portés, j'ai promis à ma mère que je serais assez responsable pour faire bien attention au médaillon. Et maintenant, je l'ai perdu. Ou on me l'a volé. Je suis certaine de l'avoir laissé dans mon pupitre hier et quand je suis venue pour le reprendre à 15 h 30, il n'était plus là.

— Tu crois que c'est un des élèves qui l'a pris?

— Toi, qu'est-ce que tu en penses?

— Tout le monde est prêt pour le cours d'anglais? demande Mme Châtillon. Rose, Sam, vous n'avez pas encore sorti vos livres!

— Je devrais peut-être le dire à Mme Châtillon? dis-je à Sam.

— Ouais, tu devrais. Mais il est certain qu'elle va en parler à ta mère.

Nous nous mettons en rang.

— De toute façon, il faudra que j'en parle à ma mère, mais ça peut attendre un jour de plus. Nous pouvons essayer de le retrouver. Tu veux faire la détective?

— Qui? Moi?

Sam a peur de son ombre; elle dort encore avec sa lampe de chevet allumée. C'est étrange de la part de quelqu'un qui veut toujours tout mener; elle devrait être plus brave.

— Nous ne serons pas forcées d'aller toutes seules dans des coins sombres la nuit, n'est-ce pas?

— Non, lui dis-je. Ce doit être quelqu'un de la classe. Il suffit de garder les oreilles et les yeux bien ouverts. *Grand ouverts.*

— D'accord. Nous allons faire les détectives. Quel sera notre nom alors?

— Hum, voyons voir.

Je cherche un bon nom, en passant en revue tous les romans policiers que j'ai lus.

— Qu'est-ce que tu dirais des Détectives dynamiques, Dahlia et Dorothée

— Dorothée? dit Sam. Je n'aime pas! Dahlia, c'est plutôt joli. Je vais être Dahlia.

— Non. Je veux être Dahlia.

— Si c'est comme ça, je ne joue pas.

Une fois arrivées au cours d'anglais, nous devons nous taire. J'aime bien notre enseignant d'anglais, il nous fait toujours rire.

— Je vais m'appeler Rose, puisque c'est une partie de mon nom. Comme ça, nous porterons toutes les deux des noms de fleurs.

— D'accord, acquiesce Sam.

— Maintenant, tout ce qu'il nous reste à faire, c'est de trouver par quel bout commencer notre enquête.

Chapitre 5

On s'organise

Nous sommes au début du mois de mai et la neige vient tout juste de finir de fondre. La cour d'école est pleine de flaques d'eau. Maman se plaint du temps depuis le mois de mars.

Moi, ça ne me dérange pas, j'aime l'hiver parce que je passe mon temps à patiner. Mais, depuis avril, il a fait chaud, puis froid, puis chaud encore, et la glace de la patinoire est toute molle et raboteuse. Ça devenait ennuyeux de ne pouvoir ni patiner ni faire de la bicyclette. Mais, finalement, nous avons remplacé nos bottes par

nos souliers de course. On doit encore porter un manteau, mais j'ai pu sortir mon vélo. Ma mère insiste toujours pour que je mette mon capuchon quand je pars de la maison pour aller à l'école, mais à la récréation je ne le mets jamais.

Tout le monde se moquerait de moi.

Toujours est-il qu'à la récréation il fait plutôt froid. Je me dis que je devrais peut-être mettre mon capuchon, même si ça me donne l'air d'une idiote. Sam porte le sien, mais elle ne tient jamais compte de l'opinion des autres.

— Est-ce que maintenant nous sommes des détectives? demande-t-elle.

— Bien sûr, Dahlia.

— Alors, qu'est-ce qu'on fait, Rose?

— Eh bien... dis-je, sans trop le savoir moi-même. Je suppose que nous devons espionner tout le monde. Nous devons les suivre chacun leur tour pour voir s'ils ne portent pas le médaillon.

C'est plutôt excitant. Exactement comme dans mes romans policiers.

— D'accord, répond Sam.

Les mains croisées dans le dos, je me mets à

patrouiller dans la cour d'école. Bruno et Charles ont repéré la plus grande flaque d'eau de la cour et s'amusent à sauter dedans. Quel gâchis! Ils ont les pieds et le bas des pantalons complètement trempés. Mme Châtillon va être furieuse. Je devine d'avance ce qu'elle va leur dire : « Nous ne sommes pas dans une classe de maternelle, ici. Je n'ai pas de vêtements de rechange pour ceux qui se trempent en jouant dans l'eau. » Mais je sais qu'ensuite elle va sortir des chaussettes de la boîte d'objets perdus et qu'elle va les leur prêter pour qu'ils n'attrapent pas un rhume. Moi, je trouve que s'ils jouent dans les flaques d'eau, ils méritent de passer toute la journée les pieds trempés. Mais elle est gentille avec eux. Elle ne peut pas s'en empêcher, elle est comme ça.

Sam et moi parcourons la cour d'école en observant attentivement tous les élèves de notre classe. Bien sûr, ils portent tous leurs manteaux et nous ne pouvons rien voir. Finalement, mon idée n'était peut-être pas très bonne. En tout cas, ça ne fonctionne pas comme dans mes livres.

— Tu sais, dit Sam, en venant vers moi, ce

n'était pas une très bonne tactique. La prochaine fois, c'est moi qui vais faire le plan.

Elle adore diriger.

— D'accord, dis-je. À toi de trouver une meilleure idée.

— Compte sur moi.

— Alors?

— Je réfléchis.

La cloche sonne.

— À l'heure du dîner, j'aurai un plan, dit Sam.

— D'accord, au dîner.

Le midi, je pourrais rentrer à la maison à pied, mais je préfère manger à l'école. Sam reste aussi et nous jouons ensemble. À la maison, je m'ennuierais. De plus, j'aurais à supporter Ben. Il passe son temps à me suivre partout comme un pot de colle et ça me rend folle.

Peu importe ce qu'a dit Sam, je n'abandonne pas mon plan. J'observe attentivement tous les élèves de la classe. Sans succès. Au dîner, j'observe également tout le monde. Toujours sans succès. Je suppose que le voleur ne serait pas assez bête pour porter le médaillon. Non, bien sûr, il essaierait plutôt de le cacher. Nous devons passer la classe au peigne fin. Le médaillon est peut-être caché là.

Sam est assise à côté de moi. Elle mange un sandwich au beurre d'arachide et confiture (beurk). Moi, j'ai un sandwich à la viande fumée sur du pain de seigle avec un cornichon et de la moutarde, du jus, deux biscuits, des croustilles de maïs, des fraises et une banane.

— J'ai un plan. Nous devons fouiller la classe, dit Sam, la bouche tellement pleine qu'elle peut à peine articuler (double beurk).

— C'est exactement ce que je pensais.

Je parle le plus vite possible. À l'heure du lunch, je n'ai pas le temps de parler beaucoup; j'ai un tas de choses à manger. Je m'efforce plutôt de finir en même temps que les autres.

— Les grands esprits se rencontrent, dit Sam. Mais ce n'est pas moi qui vais le faire.

— Ouais, dis-je, la bouche pleine de croustilles. C'est risqué. Et si Mme Châtillon nous surprenait... Elle pourrait croire que c'est nous les escrocs.

— C'est vrai, dit Sam. Vaut mieux oublier ça.

— Pas question, dis-je, en avalant mon fruit et le trognon de pomme que Sam a laissé (je lui dis toujours que c'est du gaspillage). Allez, nous devons essayer. Après le dîner, en allant chercher nos manteaux, il suffira de rester dans la classe un peu plus longtemps. Qui sait? Mon médaillon est peut-être tout simplement tombé de mon pupitre et quelqu'un l'a ramassé ou il est encore par terre, quelque part.

— S'il s'agit simplement de jeter un petit coup d'œil, je suis d'accord, dit Sam.

Je me mets à manger un peu moins vite afin de permettre aux autres dîneurs de sortir avant nous. Ensuite, nous nous rendons en classe pour chercher nos manteaux. Personne. Tant qu'on ne cherche pas quelque chose de précis, on n'a pas idée de la quantité de choses inutiles qu'on peut trouver dans une classe : de vieilles gommes à mâcher collées dans les coins, des gommes à effacer et des crayons à moitié grignotés, des emballages vides de réglisses et de bonbons sur le plancher, des livres et des cahiers un peu partout, mais pas de médaillon.

— Nous devrions peut-être regarder dans les pupitres et les paniers individuels? dis-je à Sam en chuchotant.

Nos pupitres ne peuvent pas contenir toutes nos affaires, alors nous avons chacun un panier supplémentaire.

— Non! s'exclame-t-elle.

— Ce n'est pas que j'y tienne, dis-je, mais nous sommes des détectives et nous ne devons négliger aucune piste.

— Qu'est-ce que ça veut dire?

— Ça veut dire que nous devons fouiller partout... excepté peut-être dans les pupitres et les paniers. On devrait peut-être y réfléchir un peu plus.

— C'est ça, allons réfléchir dehors.

Juste à ce moment, Ben et ma mère apparaissent dans le cadre de la porte.

— Rose, j'ai un rendez-vous au centre-ville. Pourrais-tu surveiller Ben jusqu'à ce que la cloche sonne?

J'acquiesce d'un hochement de tête, tandis que mon cœur bondit dans ma poitrine.

Soudainement, je comprends pourquoi, dans les romans policiers, les détectives ont toujours le cœur qui bat. Ma mère s'arrête et me regarde.

— Dites donc, les filles, vous ne devriez pas être dehors avec les autres? Êtes-vous certaines d'avoir la permission d'être ici? C'est précisément le moment que Ben choisit pour me tirer par la manche de mon manteau.

— Je veux aller sur les balançoires, dit-il.

Je le laisse m'entraîner vers la sortie de la classe et, en passant devant ma mère, je lui fais un sourire, en haussant les épaules d'un geste désolé. Elle me lance un regard étrange, comme si elle était en train de se dire : « Je me demande bien quel coup elles mijotent? »

« Heureusement que Ben est là », me dis-je. Et soudainement, je me rends compte de l'énormité de ce que je viens de penser. Incroyable! La nervosité doit être en train de me faire perdre la tête.

Quoi qu'il en soit, il nous faut penser à un autre plan.

Et vite.

Chapitre 6

Le robot parle

Ce jour-là, après l'école, je vais à ma leçon d'hébreu. Je m'y rends toujours en compagnie de David, qui est également dans ma classe à l'école. Nous y allons deux fois par semaine. J'aime bien. J'y apprends l'hébreu et la manière dont vivait le peuple juif dans l'ancien temps. David est gentil, mais tout ce qui l'intéresse, c'est de jouer aux robots ou à des trucs du genre. Je n'ai rien contre, à condition que ce ne soit pas *tout le temps*.

— Hé, tu veux jouer aux espions? lui dis-je.

Sur le coup, je me dis qu'il a peut-être vu

quelque chose ou qu'il pourrait nous aider, Sam et moi, à retrouver mon médaillon.

— Bien sûr. Je m'appelle Mékaniko Machin et je suis le robot-espion de la planète Espionite, répond-il d'une voix saccadée en commençant à marcher à la manière d'un robot.

— D'accord, dis-je en soupirant (inutile d'essayer de le convaincre de se comporter comme un être humain normal). Je m'appelle Rose et je suis à la recherche d'un médaillon en or extrêmement précieux, doté d'un grand pouvoir. Celui qui possède ce médaillon peut contrôler l'univers.

— Je vais contrôler l'univers, répond David de sa voix saccadée. Je vais m'emparer du médaillon en or. Où est-il?

— Mais je ne le sais pas, c'est ce que nous devons découvrir!

— Facile. Il suffit d'utiliser notre vision rayons X et de fouiller l'univers jusqu'à ce que nous le trouvions.

— Je ne crois pas que ce soit nécessaire de fouiller tout l'univers. Je crois que... euh... notre

classe, à l'école Arc-en-ciel, pourrait suffire.

— J'ai déjà vu quelque chose du genre dans notre classe, à Arc-en-ciel.

— Tu as quoi? Tu l'as vu? Où?

— Je ne m'en souviens plus. Les piles de ma banque de données ont besoin d'être rechargées... besoin d'être rechargées... rechargées...

— Peut-être, mais réfléchis!

— Je ne peux plus réfléchir. Mes piles sont trop faibles... aibles... aibles...

En disant cela, il s'arrête et s'immobilise, en faisant semblant qu'il ne peut plus bouger. À mon tour, je fais semblant d'ouvrir un panneau dans son dos et je fais mine d'y insérer de nouvelles piles.

— Te voilà remis à neuf, dis-je. Je viens de remplacer tes piles.

— Merci, dit-il, en recommençant à marcher comme un robot. Je m'en souviendrai.

— Je t'en prie, David. As-tu vraiment vu un médaillon doré? Parce que j'en ai vraiment perdu un hier. Tu te souviens, celui que j'ai montré à tout le monde hier matin?

— Oui, je l'ai vu. Mais où? Où est-ce que je l'ai aperçu? S'il te plaît, vérifie les circuits de ma mémoire. Est-ce qu'ils fonctionnent bien?

Cette fois, je fais semblant de lui ouvrir la tête et de jeter un coup d'oeil.

— Non, tes circuits sont tout emmêlés.

— Si tu les répares, j'arriverai peut-être à me rappeler.

Je prends un outil et fais semblant de bricoler quelque chose derrière sa tête.

— Voilà, dis-je, en essayant de ne pas perdre patience. Tout est réparé. Et maintenant, est-ce que tu arrives à te souvenir de quelque chose?

— Non... ou plutôt oui.

— Lequel des deux, oui ou non?

— Les deux.

— Les deux, oui et non?

— Oui.

— Oui, tu te souviens?

— Non.

— Non, tu as oublié?

— Oui.

— Oui quoi? dis-je en criant, agacée.

— Oui et non. Non, j'ai oublié où, mais oui, je m'en rappelle.

Bon sang! Nous sommes revenus au point de départ.

— Tu dois absolument t'en rappeler, dis-je, sur le point de le frapper. Essaie plus fort.

— Je travaille trop fort. Mes circuits commencent à surchauffer. Je vais éclater. Ba-dang!

En disant cela, il fait semblant d'exploser et se met à virevolter sur lui-même avant de se laisser tomber par terre.

— As-tu vraiment perdu un médaillon? me demande-t-il en secouant la poussière de ses vêtements.

— Oui, c'est tout ce qu'il y a de plus vrai. Et ma mère va me tuer, c'est un médaillon qui nous vient de mon arrière-grand-mère.

— C'est malheureux. J'ai vraiment vu un très beau médaillon en or, hier. Si seulement j'arrivais à m'en rappeler... C'était à la cafétéria et j'ai vu quelqu'un... Oh oui, je pense que c'était Bruno.

— Bruno! Oh non, pas Bruno!

Pourquoi faut-il que ce soit l'élève le plus

méchant de la classe? Ça ne peut pas tomber plus mal. Je dois d'abord savoir s'il l'a volé ou s'il l'a simplement trouvé sur le plancher.

Ensuite, il faut que je décide comment procéder. Si j'allais simplement le voir en lui demandant s'il l'a trouvé? Il me le rendrait peut-être. À moins qu'il prétende ne rien savoir et qu'il le cache. S'il faisait cela, je ne reverrais jamais mon médaillon.

— Quelle histoire, dis-je en soupirant.

— Tu n'as pas l'air en forme, me dit David en montant l'escalier de l'école d'hébreu.

— Je ne me sens pas très bien. Peux-tu me rendre un service? Si jamais tu vois Bruno avec mon médaillon, peux-tu me le dire?

— Bien sûr. Tu devrais le dire à Mme Châtillon. Elle pourrait demander à Bruno de te le rendre.

Une fois assise à mon pupitre dans la classe, je me demande comment je me sentirais si j'allais voir Bruno pour lui demander de me rendre mon médaillon et qu'il me frappait. Ensuite, j'imagine que ma mère me demande où est mon médaillon et qu'elle insiste même pour que je le porte. Je peux très facilement imaginer toute la scène, le problème, c'est que je ne saurais absolument pas quoi lui répondre.

Je suis en plein drame. C'est un grave problème. Quel écueil! Quel mot extraordinaire. C'est un mot recherché qui veut dire problème. Et j'en ai certainement un gros. Un très gros écueil.

Chapitre 7

Que fait-on avec une brute?

Je suis la plus vieille de la famille, pas vrai? Mais croyez-vous que j'ai le droit de me coucher plus tard? Oh non! En réalité, Ben va au lit à la même heure que moi et il a quatre ans de moins. Quatre ans. Allez-vous me dire que c'est juste?

Et c'est moi qui dois me priver de sucreries après le souper, sous prétexte que l'excès de sucre excite *Ben*. Vous trouvez ça juste? Et quand j'essaie de placer deux mots pendant le repas, Ben se met à chanter à tue-tête, alors je lui crie de se taire, maman se met à hurler après nous deux et papa fait mine d'être ailleurs. Immanquablement, je n'arrive jamais à aller au bout de ce que je veux dire. C'est trop injuste!

Ce même jour, à l'heure du souper, j'essaie de poser une question à papa et à maman.

— Qu'est-ce que vous feriez si une grosse brute... (Ben se met à chanter) si une grosse brute, dis-je en criant le plus fort possible, avait quelque chose qui soit à vous? TAIS-TOI, BEN!

Ben continue à chanter comme si de rien n'était.

— Ben, dit ma mère. Rose essaie de parler. S'il te plaît, tais-toi et attends ton tour. Tu nous chanteras ta chanson quand elle aura fini.

Mais Ben continue de chanter, si on peut appeler ça chanter. Il ne fait que répéter les mêmes mots à tue-tête. Ce soir, il chante « brute ».

— Mais c'est une chanson de brute, proteste-t-il, en prenant son air de martyr.

— Je sais, mon chéri, lui dit maman. Et c'est une très jolie chanson, mais tu nous la chanteras quand Rose aura fini de parler. Qu'est-ce que tu disais, Rose?

— Si une brute...

Et voilà Ben qui recommence.

— Grosse brute, grosse brute, grosse brute, grosse brute...

Tout ça sans le moindre air musical, évidemment.

— Ben, intervient ma mère, si tu refuses de te taire, tu devras quitter la table et monter dans ta chambre. Attends que Rose ait terminé, ensuite nous allons écouter ta chanson.

Pas question d'attendre, bien sûr. Il continue à hurler « grosse brute, grosse brute, grosse brute... »

Maman se lève, comme pour aller le chercher. Il se tait enfin.

— Merci, dit-elle. Bon, à toi, Rose. Qu'est-ce que tu disais?

— Si une brute avait quelque chose qui t'appartient, qu'est-ce que tu ferais?

— Eh bien, j'irais le voir et je lui dirais de me le rendre.

— Et s'il prétend ne pas l'avoir, mais que tu sais qu'il l'a?

— Je lui dirais que je sais qu'il l'a et que je veux qu'il me le rende.

— Et s'il te frappait?

— Rose, intervient papa. Tu sais très bien que nous croyons que la violence n'est pas une manière de résoudre les problèmes. Il est toujours préférable de discuter. Mais si quelqu'un me frappait, je lui rendrais son coup. Comme ça, il y réfléchirait à deux fois avant de me frapper à nouveau.

— Mais je ne peux pas le frapper, il va me tuer!

En vérité, j'ai une peur bleue de Bruno. Je déteste les jeux brutaux qu'il pratique à la récréation et je ne peux pas supporter l'idée qu'on me fasse mal.

— Pourquoi ne pas essayer un truc de karaté? suggère maman.

— Bien sûr, dis-je, sur un ton sarcastique. Comment n'y ai-je pas pensé plus tôt?

— Et la technique de projection? Je suis certaine que maintenant, tu saurais éviter un coup de poing, ajoute ma mère.

— Nah.

— De toute manière, je crois qu'une approche

directe est la meilleure solution. Demande-le-lui. Qui sait, il sera peut-être très gentil. Il ne sait peut-être même pas que cette chose t'appartient. Au fait, poursuit-elle, qu'est-ce que cette brute t'a pris au juste?

— GROSSE BRUTE, GROSSE BRUTE, GROSSE BRUTE!

Ça y est, Ben est reparti.

— D'accord, Ben, à ton tour maintenant, soupire maman.

Nous sommes condamnés à l'écouter hurler pour le reste du souper, mais je suis soulagée. Grâce à lui, je n'ai pas eu à répondre à la question de ma mère. Qu'est-ce que j'aurais pu répondre?

Ce soir-là, avant de m'endormir, étendue sur mon lit, j'écoute de la musique et j'essaie de préparer un plan.

Devrais-je tout simplement aller voir Bruno et lui demander de me rendre mon médaillon? Non, il va prétendre qu'il ne l'a pas.

Devrais-je en parler à Mme Châtillon? Non plus. Dans ce cas-là, c'est évident qu'il va prétendre qu'il ne l'a pas.

Il faut que j'arrive à le surprendre en possession du médaillon. Tout ce que je souhaite, c'est qu'il ne l'ait pas vendu ou échangé contre autre chose. Ça, je ne le lui pardonnerais jamais. J'ai absolument besoin de l'aide de Sam et de David. L'un de nous doit le surveiller en tout temps. Et quelqu'un doit aller fouiller son panier. Par contre, je préférerais que ce ne soit pas moi. S'il m'attrape, je suis morte.

Karaté ou pas, je n'ai pas du tout envie de me battre avec Bruno. Je suis trop jeune pour mourir, beaucoup trop jeune.

Juste à ce moment-là, ma mère passe la tête dans l'entrebâillement de la porte de ma chambre.

— Rose, Mamie nous a invités à dîner chez elle, vendredi soir. Assure-toi de porter ton médaillon. Tu n'as pas idée à quel point elle sera contente quand elle verra que je te l'ai donné!

— Oui, m'man, dis-je, dans un petit filet de voix.

— Bonne nuit, chérie.

— ... 'onne nuit.

Eh bien, ça y est! La catastrophe me guette!

Ou j'affronte Bruno ou j'affronte ma mère et ma grand-mère. Tout un choix!

Chapitre 8

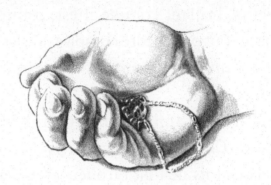

Toute une récréation!

Le lendemain matin, nous commençons notre journée par des maths. Avant, je détestais les maths, mais Mme Châtillon les enseigne de manière si intéressante que, cette année, j'ai de meilleures notes.

Un petit groupe, dont je fais partie, s'installe autour d'une table avec Mme Châtillon, tandis que les autres groupes travaillent à leurs pupitres. Devinez qui est mon voisin? Bruno. On s'attendrait à ce qu'une brute comme Bruno ne soit pas trop trop intelligent, mais, fait assez surprenant, ce n'est pas le cas, il est plutôt brillant. Particulièrement en mathématiques.

D'ailleurs, brillant comme il est, comment se fait-il qu'il n'ait pas encore compris que les brutes n'ont pas d'amis et que personne ne les aime? Ça, c'est surprenant.

En fait, il a des amis, si on peut dire : Gilbert et Arnaud. Ce sont les élèves les plus stupides de la classe et ils ne font qu'obéir aveuglément à Bruno. Ce n'est pas ce que, moi, j'appelle avoir des amis. Bien sûr, moi aussi je fais ce que Sam me dit de faire, mais c'est différent. Après tout, c'est ma meilleure amie.

Je jette un coup d'œil du côté de Bruno. Il a vraiment l'air d'une brute. Il est beaucoup plus costaud que moi. Il a une grosse tête et beaucoup de cheveux bruns mal coiffés. Il ne porte pas mon médaillon, mais pourquoi le porterait-il? Un garçon ne porterait pas un bijou de fille.

Mais alors, pourquoi l'a-t-il volé si ce n'est pas pour le porter? À moins qu'il l'ait tout bonnement trouvé. Et si je lui demandais franchement s'il l'a

trouvé? Il n'y a rien de blessant là-dedans, non?
Bien sûr que non. C'est décidé, je lui poserai la
question à la récréation.

— Rose, dit Mme Châtillon. Es-tu bien certaine
d'être avec nous aujourd'hui? Tu es dans la lune.

Je me mets à ricaner. Je ricane beaucoup, je ne
peux pas m'en empêcher.

— Je suis là, madame Châtillon, dis-je.

Bruno se met à rire sous cape. C'est une autre
expression qu'on utilise beaucoup dans mes
romans policiers. Ça veut dire rire sans faire de
bruit et de manière mesquine.

La matinée me semble durer une éternité.

Finalement, la cloche annonçant la récréation
sonne enfin. En sortant dans la cour, j'explique
mon plan à Sam.

— Je vais aller droit vers lui et je vais lui poser
la question. Et bien sûr, tu m'accompagnes.

— Est-ce bien nécessaire que j'aille avec toi?

— Tu voudrais que j'y aille toute seule?

— Non, je n'y tiens pas, mais je n'ai pas envie de
t'accompagner.

— Mais tu es mon amie, non?

— Tu ne voudrais pas mettre une amie dans le pétrin, n'est-ce pas?

C'est bien difficile de répondre à un argument comme celui-là. Il y a des fois où Sam est vraiment futée.

— Jamais de la vie, dis-je, en essayant de trouver une bonne réponse à lui fournir. Je ne demanderais jamais ça à une amie, parce que je n'aurais pas à le lui demander. Une vraie amie trouverait ça tout naturel de m'accompagner.

Sam pousse un long soupir. Je viens de lui clouer le bec.

Nous nous dirigeons vers l'endroit où Bruno, Gilbert et Arnaud jouent aux superhéros. De sa grosse voix, Bruno est en train de hurler un ordre, le bras en l'air. Dans sa main brille un petit objet doré.

— Par le pouvoir que me confère ce trésor, je vous ordonne de vous prosterner devant moi.

Les deux garçons saluent bien bas.

— Maintenant, allez tuer le dragon de Dun Levy et rapportez-moi ses ailes.

Gilbert et Arnaud sortent leurs sabres et partent

au pas de charge à travers la cour pour tuer le dragon.

En fait, ce jeu semble plutôt intéressant. J'aurais même pu envisager de jouer avec eux.

— Rose, me dit Sam. Regarde ce qu'il tient dans sa main!

Je m'approche pour me rendre compte que le « trésor » de Bruno n'est rien d'autre que mon médaillon. Mon médaillon! Du coup, j'en oublie ma peur et me mets à courir vers lui.

— Bruno, Bruno, c'est mon médaillon! Rends-le-moi!

Bruno baisse son bras, regarde le médaillon, puis me regarde.

— Prouve-le, dit-il.

Je suis sidérée. (C'est un mot très utilisé dans les romans d'horreur. Les gens sont toujours sidérés en voyant un fantôme ou quelque créature du même genre. Ça veut dire qu'ils ne peuvent en croire leurs yeux ou, comme dans mon cas, leurs oreilles.)

Pendant un instant, je ne sais pas quoi dire. Il se tient devant moi, les mains sur les hanches, affichant un l'air provocateur de quelqu'un qui a envie de se battre.

— C'est mon médaillon et je veux que tu me le rendes. Si tu as besoin d'une preuve, ouvre-le, il y a des photos de mes arrières grands-parents à l'intérieur.

Plutôt que de l'ouvrir, il glisse mon médaillon dans la poche de son manteau.

— Qui trouve, garde!

— Rends-moi ça tout de suite Bruno, sinon je le dis à Mme Châtillon.

— Si tu fais ça, je dirai que je l'avais, mais que je l'ai perdu.

— Tu n'oserais pas faire ça!

— Oh oui! Et tu ne pourras jamais prouver que ce n'est pas vrai.

— Oui, je pourrai. Je vais te faire fouiller! dis-je en criant.

— Dans ce cas-là, je vais le jeter quelque part où tu ne pourras jamais le retrouver! répond-il en criant à son tour.

— Tu es pitoyable, Bruno! Tu ne t'en sortiras pas comme ça!

— Eh oui. Je te le rendrai peut-être quand j'aurai fini de jouer avec... si tu as de la chance.

— Je vais... je vais...

J'ai envie de l'étrangler, mais j'ai aussi peur d'éclater en sanglots.

Juste à ce moment, la cloche sonne.

— Qu'est-ce que tu vas faire? me lance-t-il avec un petit rire sous cape (encore).

Là-dessus, il passe devant moi, me bouscule et retourne en classe en courant.

Je reste plantée là, en plein milieu de la cour de récréation, sans savoir quoi faire. Je suis démolie. Va-t-il s'en sortir comme ça?

À ce moment précis, la vie me semble injuste et la perspective d'avoir à tout avouer à ma mère n'a rien de réconfortant. Quel désastre!

Chapitre 9

Ben, Bruno,
le karaté et moi

— Dépêche-toi! me dit Sam. Ne reste pas plantée
là, nous allons être en retard.

— Je ne peux pas croire qu'on puisse être aussi
minable, dis-je, en tapant du pied par terre. Je
n'arrive pas à y croire.

— Moi, oui. Surtout quand il est question de
Bruno. Allez, viens, me dit Sam en m'entraînant
par le bras.

Mme Châtillon a déjà commencé la classe

quand nous arrivons.

— Allez, les filles, hâtez-vous d'enlever vos manteaux. Cet après-midi, nous allons travailler sur notre projet de sciences.

Sam et moi, nous nous dirigeons vers le vestiaire situé à l'arrière de la classe. En accrochant mon manteau, je remarque que celui de Bruno est pendu deux ou trois crochets plus loin. Je pourrais facilement allonger le bras et prendre mon médaillon dans sa poche.

Je jette un coup d'oeil autour. Bruno m'observe. Qu'est-ce que ça peut bien faire? Il n'aurait pas le temps de m'en empêcher.

— Vite, les filles! À vos places, tout de suite, dit Mme Châtillon.

Zut! Elle me regarde, elle aussi. Je devrai attendre une autre occasion.

En vitesse, Sam et moi allons prendre nos affaires. Nous fabriquons une maquette du système solaire en papier mâché. Nous avons colorié les planètes, mis des anneaux autour de certaines et relié le tout avec du fil de fer. Je suis contente que nous fassions ce projet ensemble, ainsi nous avons un moment pour bavarder un peu.

David vient s'asseoir avec nous quelques minutes.

— J'ai tout vu. Ça s'annonce mal.

— Ouais. Mais qu'est-ce qu'on peut y faire?

— Il doit y avoir une solution. Essaie de trouver quelque chose, me dit-il avec un sourire d'encouragement.

Puis il retourne travailler à son projet.

— Il a raison, dis-je à Sam. Il suffit de réfléchir.

— Tu devrais le dire à Mme Châtillon, dit Sam.

— C'est ça! Pour qu'il se débarrasse de mon médaillon et que je ne le retrouve jamais?

— Comment veux-tu qu'il s'en débarrasse, ici, dans la classe?

— C'est un bon point. Il ne pourrait peut-être pas. Je devrais peut-être en parler à Mme Châtillon. Mais s'il décidait de le lancer par la fenêtre ou de faire une autre manœuvre du genre? De toute manière, il aurait des ennuis, un peu plus ou un peu moins, quelle différence pour lui? Ce serait une manière de se venger de moi pour l'avoir dénoncé. Je suis certaine que s'il lançait mon médaillon par la fenêtre, il tomberait dans une mare de boue où je ne pourrais jamais le retrouver, ou bien il se briserait. Alors comment pourrais-je expliquer ça à maman?

Je fais une pause pour réfléchir.

— Il doit bien y avoir une solution, il le faut, dis-je.

Tout à coup, j'ai un éclair de génie.

— C'est simple! dis-je à Sam. Tout ce que j'ai à faire, c'est de profiter d'un moment où personne ne me voit pour me glisser dans le vestiaire et reprendre mon médaillon dans la poche du manteau de Bruno.

— Il va te voir. Tu n'y arriveras jamais comme ça.

— Il faut préparer une diversion.

— Une quoi? demande Sam.

— Une diversion. Il faut organiser un brouhaha quelconque qui va attirer l'attention de tout le monde. Pendant ce temps-là, personne ne fera attention à moi.

Sur ces entrefaites, Ben surgit dans la classe.

— Oh non! Pas encore!

— C'est parfait! me dit Sam. La voilà ta diversion.

— Sam! Bien sûr!

Ben trottine autour de la classe en me cherchant et en appelant « Wose, wose. »

Mme Châtillon n'intervient pas. Elle s'attend toujours à ce que ce soit moi qui aille le reconduire dans sa classe.

Cette fois, je décide que je n'irai pas le reconduire tout de suite. Non, j'ai une meilleure idée.

— Ben, nous sommes ici, dis-je en l'appelant.

Quand il nous aperçoit, il court vers nous.

— Ben, tu dois rester dans la classe de maternelle. Mme Fournier va se demander où tu es passé.

— Je voulais te voir. Je m'ennuie.

Maman me dit qu'il m'aime plus que tout au monde, mais est-ce bien nécessaire qu'il me le montre comme ça?

— Ben, tu veux que je te dise un secret?

— Oui, répond-il, les yeux brillants.

— Sais-tu qui est Bruno?

— Non, répond-il en secouant la tête et en levant ses grands yeux bleus vers moi.

— C'est ce garçon là-bas. Celui qui porte une chemise et un pantalon d'armée.

— G.I. Joe?

— Exact. Et G.I. Joe a des jujubes plein les poches. Il m'a même dit que si tu venais en classe, tu pourrais lui grimper dessus et le chatouiller pour essayer de trouver les bonbons.

— Pour de vrai? dit Ben en ouvrant de grands yeux gourmands.

Pendant une seconde, je me dis que je ne suis vraiment pas gentille, mais je chasse vite cette idée. Après tout, je dois récupérer mon médaillon, à tout prix.

— Oui, pour de vrai. Vas-y maintenant, va chercher les bonbons.

À l'autre bout de la classe, Bruno est assis par terre. Tandis que Ben court vers lui en criant « Bonbons, bonbons », moi, je me dirige vers le vestiaire.

— Fiche-moi la paix! Sors d'ici, idiot de bébé! crie Bruno.

Je trouve le manteau de Bruno et j'enfonce la main dans une des poches. C'est plein de pacotilles. Je ne trouverai jamais mon médaillon dans ce fouillis.

— Ben, Ben! crie Mme Châtillon. Laisse Bruno tranquille, Ben. Quelqu'un va se blesser. Rose, où es-tu?

J'enfonce la main dans l'autre poche. Du bout des doigts, je tâte de vieux jujubes, des clous, des emballages de bonbons froissés, mais pas de médaillon.

— Rosaline! Mais qu'est-ce que tu fais? dit Mme Châtillon en regardant dans ma direction. S'il te plaît, viens nous aider avec ton frère!

Bruno se débat pour se relever. J'arrive juste à temps pour le voir projeter mon frère sur le plancher. Ben atterrit durement au sol et se met à pleurer. Mme Châtillon le prend dans ses bras.

— Bruno, ce n'est vraiment pas gentil, dit-elle d'un ton furieux.

Je me précipite et je m'agenouille à côté de Ben.

— Ça va?

Il pleure à chaudes larmes.

— C'est toi, c'est toi, c'est toi qui m'as dit de faire ça, dit-il, en me regardant de ses grands yeux bleus accusateurs.

Ensuite, il se remet à pleurer si fort qu'il est incapable de parler. Il a dû se frapper la tête en tombant.

— Allons, allons, dit Mme Châtillon. Dans deux minutes, tu ne sentiras plus rien, Ben. Viens, nous allons aller retrouver Mme Fournier et nous allons regarder si tu as une bosse ou une écorchure.

Elle prend Ben par la main et, ensemble, ils sortent de la classe.

Je retourne dans le coin où Sam est assise.

— Et alors? demande-t-elle.

— Rien, dis-je en hochant la tête.

Je reprends ma place. Je ne suis pas fière de moi. Pas de médaillon, et je suis vraiment désolée d'avoir utilisé Ben ainsi. Il m'a écoutée parce qu'il me fait confiance. Je pense qu'il m'aime beaucoup, mais je dois admettre que je ne lui rends pas bien.

Je lève les yeux et j'aperçois Bruno qui vient

vers moi. Il a l'air en colère.

— Hé! me crie-t-il. Arrange-toi pour que ton idiot de frère me fiche la paix!

Je viens pour me lever, mais Sam place sa main sur mon bras pour me retenir.

— Non Rose, soupire-t-elle pour me dissuader.

Je repousse sa main et je me lève.

— Je te défends de dire que mon frère est un idiot.

— D'accord. Ce n'est pas un idiot. C'est un imbécile, un crétin et un abruti. C'est mieux?

— Exactement comme toi.

— Oh toi, je vais... crie Bruno en s'élançant pour me frapper.

Finalement, il faut croire que j'ai retenu quelque chose de mes cours de karaté. Tout se passe comme au ralenti. Je vois son poing se diriger vers mon visage, je relève le bras pour parer le coup, j'attrape son bras, je le tords, je le tire de toutes mes forces et Bruno atterrit sur le dos, retourné comme une crêpe!

Toute la classe m'acclame; même Gilbert et Arnaud.

Sur les entrefaites, Mme Châtillon revient en classe.

— Qu'est-ce qui se passe ici? s'exclame-t-elle.

Bruno se relève péniblement. On dirait qu'il va se mettre à pleurer.

— Rien, marmonne-t-il en retournant à sa place.

— Rose?

— Il n'y a rien, madame Châtillon.

— Tout le monde au travail, ordonne-t-elle.

Je m'approche d'elle.

— Comment va Ben?

— Très bien, Rose. Mais, s'il te plaît, essaie de lui parler, il faut qu'il comprenne qu'il ne doit plus quitter sa classe.

— Je vais le lui expliquer, madame Châtillon, je vous le promets. Merci beaucoup.

Je retourne auprès de Sam et me laisse glisser sur le plancher. Je me sens un peu tremblotante. J'ai du mal à croire ce qui vient de se passer. À l'autre bout de la classe, Bruno me regarde nerveusement.

— Es-tu folle? demande Sam. Il aurait pu te tuer.

— Eh bien, ce n'est pas ce qui s'est passé. Si je n'avais pas réagi, là, il m'aurait tuée.

Ensuite, je lui jette un long regard.

— Tant que j'y pense. Je n'aime pas beaucoup la manière dont tu me commandes tout le temps. Je n'aime pas du tout que tu décides toujours quel jouet je dois apporter, ce n'est pas juste.

Sam me regarde avec de grands yeux. Bon sang! Ce qu'elle est surprise!

— Oui. Je crois bien que tu as raison. Je ne le ferai plus.

Bon sang! C'est à mon tour d'être surprise. Jamais je n'aurais cru que ce serait si facile de me défendre. Je me sens fière de moi. Je viens de nous défendre, moi et mon frère, toute seule.

Mais je n'ai toujours pas mon médaillon.

Chapitre 10

Une leçon de vie

— Rose, me dit ma mère, à l'heure du souper, c'est quoi cette histoire à propos de Ben qui s'est blessé dans ta classe aujourd'hui?
Je fonds sur ma chaise.

— Oh ça! dis-je.

— Oui, ça. Explique-moi donc. Ben m'a raconté que tu lui avais dit que Bruno avait des bonbons pour lui et que Bruno lui a fait mal.

Ça y est. Me voilà coincée, à coup sûr. Je ne sais plus quoi faire. Ou bien je crache le morceau et j'affronte les conséquences, ou bien j'essaie de gagner du temps pour me donner la chance d'inventer une histoire et me sortir de ce mauvais pas.

— Je suis désolée. Je ne pensais pas que Bruno lui ferait mal.

— Mais Rose! Je ne sais plus combien de fois tu m'as parlé de Bruno en disant que c'était une brute. Maintenant, dis-moi. Je veux savoir exactement ce qui s'est passé. Tu m'entends, Rosaline? Exactement.

Impossible de gagner du temps.

— Eh bien, dis-je dans un murmure, j'essayais de créer une diversion.

— Une diversion? dit mon père. Mais pourquoi?

— Euh... dis-je, en baissant la voix, il fallait que je fasse quelque chose sans que Bruno me voie. C'est pourquoi j'ai dit à Ben de faire ça.

— Tu t'es servie de Ben, dit ma mère d'une voix blanche.

J'acquiesce en hochant la tête.

— Bruno m'a fait mal, dit Ben, comme s'il allait se remettre à pleurer.

— Je suis désolée, Ben. Sincèrement, je ne

pouvais pas deviner ce qui allait t'arriver.

— Eh bien, moi, je ne suis pas certaine que ce soit suffisant que tu sois désolée. Qu'en dis-tu? réplique ma mère en se tournant vers papa.

— Je me demande bien ce qu'il y avait d'assez important pour qu'elle accepte de sacrifier son frère?

Les choses allaient de mal en pis.

—Euh... Je ne pensais pas que ça se terminerait comme ça, dis-je, en essayant de changer de sujet.

Ma mère réplique :

— Pour ça non! Tu n'as pas pensé beaucoup plus loin que le bout de ton nez.

Bon sang! Je suis vraiment dans le pétrin! La situation serait plus simple si j'avais avoué dès le départ que j'avais perdu le médaillon. Maintenant, il me faut non seulement avouer que j'ai perdu le médaillon, mais en plus je dois expliquer pourquoi je leur ai caché la vérité et pourquoi Bruno a fait mal à Ben.

— Eh bien... Vous vous souvenez du médaillon de mon arrière-grand-mère?

Je me sens mal, vraiment mal. Et si je tombais

dans les pommes? C'est peut-être la bonne manière de m'en sortir? Mes parents seraient tellement inquiets qu'ils oublieraient toute cette histoire.

— Oui, répondent-ils en choeur.

Là-dessus, Ben se met à chanter à tue-tête :

— Médaillon, médaillon... Attendez! dit-il en s'arrêtant net.

Brusquement, il se lève de table et grimpe les escaliers quatre à quatre.

— Où vas-tu comme ça? lui crie papa.

Mais Ben ne répond pas. De toute manière, il ne répond jamais.

— Eh bien.... dis-je en continuant mon récit.

Je m'arrête. J'essaie une fois de plus de trouver un moyen de raconter cette histoire sans que tout me retombe sur le dos. Je ne trouve pas de solution.

— Eh bien, dit maman, continue.

— D'accord, dis-je en respirant à fond.

Maintenant, je comprends comment se sent le condamné qui fait face à un peloton d'exécution.

— Je l'ai enlevé, dis-je, en parlant rapidement

pour en finir le plus vite possible, et je l'ai mis bien en sécurité dans mon pupitre, maman, je te le jure, mais Bruno me l'a volé. Ou il l'a trouvé. Je n'en sais rien. Ensuite, il n'a pas voulu me le rendre. Mais je savais qu'il l'avait mis dans la poche de son manteau et c'est pourquoi j'ai dit à Ben d'aller lui demander des bonbons. Pendant ce temps-là, je suis allée fouiller le manteau de Bruno, mais je n'ai rien trouvé.

— Comment ça, il ne voulait pas te le rendre? demande papa.

— C'est comme je te dis. Il ne voulait pas. Il a même dit qu'il s'en débarrasserait si je le disais à Mme Châtillon.

— Tu ne crois pas que tu aurais dû nous en parler? demande maman.

— Ouais... mais il n'aurait jamais avoué la vérité à un adulte.

— De toute manière, dit papa, tu n'aurais pas dû faire ça à Ben.

— Ce n'est pas juste, ajoute maman.

— Non...

Je fais une moue. Je suis au bord des larmes.

— ... je sais que je n'aurais pas dû faire ça.

Ça y est. Je suis acculée au pied du mur. Ça veut dire que je suis coincée, qu'il n'y a plus de porte de sortie. C'est l'heure de vérité. Maintenant, mes parents savent que je leur ai menti et ils me dévisagent avec cet air déçu. C'est pire que s'ils me grondaient. J'ai blessé Ben et je n'ai toujours pas le médaillon. Mon seul réconfort, la seule raison pour laquelle je me sens soulagée, c'est la certitude que les choses ne peuvent pas aller plus mal.

— Eh bien. Tout ce qui me reste à faire, c'est d'appeler les parents de Bruno, dit ma mère en se levant de sa chaise. Il sera bien forcé de rendre le médaillon.

D'accord, j'avais tort. Les choses peuvent aller encore plus mal.

— Non! dis-je en hurlant presque. Non! Tu ne peux pas faire ça! Bruno va tout nier et, ensuite, il va se débarrasser du médaillon. Nous ne pourrons rien prouver et nous ne le retrouverons jamais. Sans compter qu'il va essayer de me battre à l'école. En tout cas, il ne me fait plus

peur, maintenant.

— Dans ce cas, Rose, dit ma mère en croisant les bras, si tu ne veux pas que je téléphone à ses parents, qu'est-ce que tu proposes? Si tu n'as pas une meilleure idée, tu peux être certaine que je vais les appeler.

J'écrase mes légumes avec ma fourchette et je me creuse les méninges, sans trouver de meilleure solution. Je sens les larmes me monter aux yeux.

C'est alors que Ben revient en courant dans la cuisine. Il reprend sa place sur sa chaise et me met son poing devant la figure.

— Ne fais pas ça, dis-je, d'un ton agressif, agacée par son comportement.

Il ouvre le poing et un petit médaillon doré apparaît dans sa paume.

J'ouvre les yeux tout grands sans pouvoir y croire.

— Mon médaillon! Ben, où as-tu trouvé mon médaillon?

— Dans la poche de Bruno. Tu m'avais dit qu'il avait des bonbons pour moi. Je les ai pris. Mais il s'est fâché et il m'a poussé. Il est méchant.

Je tends la main pour reprendre mon médaillon.

— C'est à moi, dit Ben en refermant sa main.

— Ben, dit maman, c'est le médaillon de Rose.

— Attends une minute, dis-je.

Je monte en courant dans ma chambre et je fouille dans le désordre de mon bureau jusqu'à ce que je trouve un petit sac de papier brun. Je redescends alors à la cuisine et reprends ma place à table.

— On échange? dis-je à Ben.

— Quoi? demande-t-il.

Je sors un gros œuf en chocolat emballé dans du papier doré. Sam me l'avait donné pour Pâques et je me l'étais réservé pour plus tard.

Les yeux de Ben s'illuminent.

— Échange! dit-il en me tendant le médaillon.

Je suis prise d'une envie folle de lui donner un bisou. Je ne lui en donne jamais. Mais cette fois-ci, je lui en donne un gros.

— BEURK! fait-il en s'essuyant la joue. Je déteste qu'on m'embrasse.

— Viens jouer, dis-je à Ben en attrapant joyeusement mon médaillon.

— Ensemble? répond-il, sans en croire ses oreilles.

— Ouais, ensemble.

Finalement, toute cette histoire ne se termine pas trop mal. Chaque fois que je m'approche de lui, Bruno tremble comme une feuille et s'il ose menacer quelqu'un, je n'ai qu'à lui jeter un coup d'œil et il retourne sagement dans son coin. Sam ne me mène plus par le bout du nez, elle non plus. Quant à Ben, je n'irais pas jusqu'à dire que nous sommes devenus les meilleurs amis du monde, mais maintenant, même s'il continue de me rendre folle, je sais qu'au fond je l'aime bien et, à l'occasion, je sais me montrer gentille envers lui.

Mes parents m'ont pardonné, non sans m'avoir d'abord servi un très long sermon sur l'honnêteté. Je suis d'accord avec eux. Cependant, il y a des situations où l'on doit se débrouiller tout seul, et maintenant, je sais que j'en suis capable.

Quant à mon médaillon, je ne le porte que lors d'occasions très spéciales, sinon il est en sécurité dans mon coffre à bijoux. Et vendredi soir,

Mamie a été très heureuse de voir que c'était moi qui le portais à mon cou.

À propos de l'auteure

Carol Matas n'a pas toujours été écrivaine, elle a d'abord été actrice. Elle s'est mise à l'écriture pendant sa première grossesse. Depuis, elle a publié plus de vingt livres à succès pour enfants et jeunes adultes. Elle a écrit plusieurs romans historiques de la collection Cher journal dont *Entrée refusée, Fragments du passé, Des pas sur la neige* et un roman de la collection Au Canada, *Derrière les lignes ennemies* Elle vit à Winnipeg, au Manitoba.